AF312741

VENTE

Des 9 et 10 Novembre 1911

OTEL DROUOT, SALLE N° 2

A DEUX HEURES

OBJETS D'ART

CHINOIS ET JAPONAIS

Provenant de la Succession de M. Takahira

COMMISSAIRE-PRISEUR

Mᵉ MAURICE MOTEL

EXPERT

M. ANDRÉ PORTIER

SUCCESSION TAKAHIRA

CATALOGUE

DES

Estampes Japonaises

PARAVENTS ANCIENS

LIVRES ILLUSTRÉS ET KAKÉMONOS

Laques — Divinités — Netsukés

Sabres et gardes de sabres

BRONZES ET FERS

PORCELAINE ET FAIENCE

ÉTOFFES ANCIENNES ET MODERNES

MEUBLES DIVERS

DONT LA VENTE AURA LIEU

HOTEL DROUOT, SALLE N° 2

LES JEUDI 9 ET VENDREDI 10 NOVEMBRE 1911

à deux heures

COMMISSAIRE-PRISEUR	EXPERT
Mᶜ MAURICE MOTEL 22, rue Chauchat	**M. ANDRE PORTIER** 24, rue Chauchat

Chez lesquels se distribue le présent Catalogue

EXPOSITION PUBLIQUE

Le Mercredi 8 Novembre 1911, de 2 heures à 6 heures

CONDITIONS DE LA VENTE

Elle sera faite au comptant.

Les adjudicataires paieront *dix pour cent* en sus des enchères.

L'exposition mettant le public à même de se rendre compte de l'état et de la nature des objets, aucune réclamation ne sera admise une fois l'adjudication prononcée.

Paris. — Imp. de l'Art, Ch. Berger, 41, rue de la Victoire

DÉSIGNATION

ESTAMPES

TORII KIYOMITSOU

1 — Un porteur. — Format Hoso-ye.

2 — Une jeune femme tient une raquette derrière un jeune homme accroupi. — Format Hoso-ye.

3 — Jeune femme debout dans sa demeure. — Format Hoso-ye.

SHIGÉNAGA

4 — Un jeune seigneur. — Format Hoso-ye.

5 — Personnage sur un bœuf conduit par un paysan. — Format Hoso-ye.

YEISHI

6 — Jeunes femmes, dont l'une assise. — Format Nagaye.

7 -- Jeune femme voyant en songe Foukouro-
kou et trois petits gin-boutsou. — Format
Nagaye.

8 — Jeune femme debout, son écran à la main.
— Format Nagaye.

9 — Trois jeunes femmes dans une baie. —
Format largeur.

10 — Deux jolies femmes et un jeune homme se
promènent dans la campagne. — Format
hauteur.

11 — Deux jeunes femmes dans une maison de
tir à l'arc. — Format hauteur.

12 — Trois jeunes femmes, l'une tenant une
jardinière fleurie. — Format hauteur.

13 — Deux jeunes femmes, l'une remettant une
lettre à un jeune homme. — Format hauteur.

14 — Un jeune homme se promène avec deux
jeunes femmes et une fillette. — Format
hauteur.

15 — Trois jeunes femmes, l'une tenant une
branche de glycine. — Format hauteur.

YEISHO

16 — Deux jeunes femmes arrêtées au bord d'un ruisseau. — Format Nagaye.

17 — Jeune femme tenant une bouteille où nage un poisson. — Format Nagaye.

18 — Courtisane se promenant avec sa Kamouro. — Format Nagaye.

19 — Deux jeunes femmes sur un balcon. — Format Nagaye.

20 — Deux jeunes femmes près d'un puits. — Format Nagaye.

21 — Même sujet. — Format Nagaye.

22 — Deux musiciennes dans une barque. — Grand format hauteur.

23 — Trois jolies femmes sur une barque. — Grand format hauteur.

24 — Deux jeunes femmes, l'une debout. — Petit format.

HAROUNOBOU

25 — Planches provenant de séries érotiques. Jeune femme et son amoureux. — Format largeur.

26 — Jeune femme près de son amoureux, une autre jeune femme derrière un shoji les observe. — Format largeur.

27 — Même planche, mais au trait seulement, en noir. — Format largeur.

28 — Jeune femme se disposant à lancer une boule de neige à deux amoureux, dans leur demeure. — Format largeur.

29 — Jeune femme et samuraï, debout sous une vérandah où se voient deux poules. — Format hauteur.

30 — Six planches, sujets variés, tirage moderne. Format hauteur.

KORIUSAI

31 — Les grues. — Format Nagaye.

32 — Un couple de faisans sur un pin couvert de neige. — Format Nagaye.

33 — Jeune femme rêvant qu'elle est aux prises avec un personnage entreprenant. — Format Nagaye.

34 — La scène de l'espion, des fidèles Ronins. — Format Nagaye.

35 — Autre scène du même sujet. — Format Nagaye.

36 — Jeune femme déroulant une longue lettre à l'extrémité de laquelle se voit un personnage au visage à demi-masqué. — Format Nagaye.

37 — Jeune femme et guerrier. — Format Nagaye.

38 — Jeune femme voyant en songe un ravisseur masqué s'emparant d'une jeune fille. (Encadrée.) — Format Nagaye.

39 — Jeune femme et enfant sur un pont. — Petit format carré.

TOYOHAROU

40 — Quatre planches représentant des vues diverses de la Capitale. — Format largeur.

TOYOHIRO

41 — Faucon sur un prunier en fleurs. — Format Nagaye.

42 — Trois danseurs exécutant un pas. — Petit format hauteur.

43 — Jeune femme lisant une lettre près de son enfant. — Petit format hauteur.

TOYOKOUNI

44 — Jeune femme sur un cheval conduit par un paysan. — Format Nagaye.

45 — Scène de l'Espion, des fidèles Ronins. — Format Nagaye.

46 — Une jeune femme vient de pêcher une dorade, d'une barque conduite par Yebeisou. — Format Nagaye.

47 — Deux planches des fidèles Ronins. — Format largeur.

48 — Deux acteurs, l'un en femme. — Format hauteur.

49 — Les Teinturières. — Format hauteur.

5o — Deux bustes d'acteurs. — Petit format.

SHUNSHO

51 — Sept planches d'acteurs, dans des rôles divers. — Format Hoso-ye.

52 — Dix-huit planches de la série des Genji. — Petit format hauteur.

53 — Cinq planches du Livre des acteurs en éventail. — Format Hoso-ye.

SHOUNTCHO

54 — Courtisane et ses deux kamouros. — Format Nagaye.

55 — Deux jeunes femmes au bord de la rivière, l'une tenant un bouquet. — Format Nagaye.

56 — Deux jeunes femmes, l'une tenant un écran à la main. — Format Nagaye.

57 — Kintoki près d'un petit ours noir. — Format hauteur.

SHUNYEI

58 — Six planches représentant des acteurs dans des rôles divers. — Format Hoso-ye.

59 — Trois autres planches d'acteurs en femmes. — Format Hoso-ye.

60 — Deux jeunes femmes et un jeune homme. — Format carré.

SHUNKO

61 — Deux planches d'acteurs en femmes. — Format Hoso-ye.

62 — Dix planches d'acteurs dans des rôles divers. — Format Hoso-ye.

63 — Nombreuses barques à l'ancre. — Format largeur.

64 — Enfants faisant une grosse boule de neige. — Format largeur.

65 — Les Pêcheuses d'awabi. — Format largeur.

66 — Les Plongeuses. — Format largeur.

67 — Pêcheuses de sel. — Format largeur.

OUTAMARO

68 — Jeune femme lisant une lettre. — Format Kakémono.

69 — Jeune femme se retournant vers un jeune homme. — Format Nagaye.

70 — Deux amoureux cheminant sous le même parapluie. — Format Nagaye.

71 — Jeune femme et marchand d'écrans. — Format Nagaye.

72 — Deux jolies femmes en promenade. — Format Nagaye.

73 — Jeune homme fumant sa pipette regarde une jeune femme tenant une cage. — Format Nagaye.

74 — Jolie femme debout. — Format Nagaye.

75 — Jeune femme et son amoureux. — Format Nagaye.

76 — Deux djoros, l'une écrivant. — Format Nagaye.

77 — Deux jeunes femmes se promènent le soir. — Format Nagaye.

78 — Dieu du bonheur dessinant son image, qu'il distribue à des jolies femmes. — Triptyque. Format hauteur.

79 — Deux planches représentant chacune un buste de jolie femme. — Format hauteur.

80 — Deux planches. Kintoki et sa mère Yamaouba. — Format hauteur.

81 — Trente-cinq planches, sujets divers. (Seront divisés.)

82 — Enfant se baignant. — Diptyque. Format hauteur.

83 — Les Pêcheuses de sel. — Diptyque. Format hauteur.

84 — Trois planches représentant des sujets divers. — Format étroit hauteur.

85 — Quatre planches provenant d'un livre. — Petit format carré.

YEISAN

86 — Huit planches, sujets divers. — Format hauteur.

87 — Sept autres planches variées. — Format hauteur.

88 — Le Passage du gué. — Triptyque.

89 — Cortège de jolies femmes. — Pentaptique.

HOKOUSAI

90 — Deux planches de la série des Ponts. — Format largeur.

91 — Cavaliers et voyageurs passant sur un pont de bateaux, couvert de neige. — Format largeur.

92 — Deux paysans passent au-dessus d'un précipice sur une passerelle suspendue. — Format largeur.

93 — Une des huit vues de Lioukiou. — Format largeur.

94 — Une des trente-six vues du Mont-Fuji, Enoshima. — Format largeur.

95 — Jeune femme et enfants regardant un couple de poules. — Format largeur.

96 — L'Homme aux pousses de bambous. (Légende chinoise.) — Petit format hauteur.

97 — Une des planches des Apparitions: le Serpent. — Petit format hauteur.

98 — Oiseau, jardinière et poisson. — Petit format hauteur.

99 — Trois Danseurs aux chapeaux fleuris. — Petit format hauteur.

100 — Trois autres Danseurs tenant des éventails. — Petit format hauteur.

KOUNIYOSHI

Deux planches de la vie de Nitchiren :

101 — 17. La Chute du rocher. — Format largeur.

102 — 27. La Tempête : Barque en perdition. — Format largeur.

103 — Autre planche du n° 2. — Format largeur.

104 — Cinq planches représentant des exemples
de vertus chinoises : Le Dragon. — L'Elé-
phant. — L'Homme aux pousses de bambous. — Le Philosophe. — Bonze méditant.
— Format largeur.

105 — Bonze et paysan ramassant des branches.
— Format hauteur.

106 — Les Aïnos. — Format hauteur.

107 — Triptyque et pentaptique. — Format
hauteur.

KEISAI

108 — Trois planches d'oiseau. — Petit format
hauteur.

109 — Une planche du Kiso-Kaido : Bataille
d'aveugles. — Format largeur.

110 — Une langouste. — Format largeur.

111 — Un tigre. — Format hauteur.

HIROSHIGE

112 — Dix-sept planches : Fleurs et oiseaux. —
Petit format hauteur.

113 — Douze planches : Fleurs et oiseaux. —
Petit format hauteur.

114 — Cinq planches : Poisson et paysages. — Formats divers.

115 — Promenade en bateau. — Triptyque.

116 — Pèlerinage à Enoshima. — Triptyque.

SHIGENOBOU

117 — Dix planches : Fleurs et oiseaux. — Petit format hauteur.

DIVERS

118 — Ecole d'Outamaro. Six planches formats et sujets divers.

119 — Reki Senteï. Trois planches : Poétesse. — Jardinières.

120 — Jeune mère et son enfant.

121 — Divers. Onze planches diverses.

122 — Deux hoso-ye d'acteurs, par Buncho et Shunrei.

123 — Quatre petits formats, sujets divers.

124 — Kuninao. Triptyque représentant un bain public.

125 — KUNISHIKA. Triptyque représentant l'inté
rieur d'un bain.

126 — Neuf planches : Paysages divers.

SOURIMONOS

127 — Un lot de Sourimonos, par HOKOUSAÏ,
SHINSAÎ, GAKOUTEÏ, etc. (Seront divisés.)

TIRAGES MODERNES

128 — Une Collection d'estampes modernes, par
SHARAKOU, HOKOUSAI, HIROSHIGE, KEISAÏ.
Pièces intéressantes au point de vue docu-
mentaire.

129 — Un lot d'estampes encadrées.

LIVRES ILLUSTRÉS

130 — Une importante collection de livres illustrés. (Sera divisée.)

PEINTURES
ET KAKÉMONOS

131 — Korin. Oiseau et plantes aquatiques.

132 — Korin. Martin-pêcheur sur un lotus.

133 — École de Seshiou. Suite de dix peintures
représentant des paysages.

134 — Seshiou (?). Hoteï en voyage.

135 — École de Kano. Trois sages.

136 — École de Kano. Temple dans la mon-
tagne.

137 — Tanniou. Cheval contre un saule.

138 — Tanniou. Paysage montagneux.

139 — Tanniou. Corbeau sur un arbre.

140 — Sosen. Deux panneaux représentant, l'un
un gros singe, l'autre une guenon épouillant
son petit. Peintures portant la signature de
Sosen (?).

141 — Hanabousa Icho (Pochade attribuée à).
Pêcheurs dans une barque. — Format éventail.

142 — Hanabousa Icho. Guerrier des temps
anciens.

143 — Kano Yoshinobou. Dragon émergeant des
nuages.

144 — École de Ishikawa. Jeune femme et ses
Kamouros.

145 — École de Ishikawa. Quatre peintures
représentant des personnages divers.

146 — École de Okumura. Personnage tombant,
près d'une jolie laveuse.

147 — Gwakiojin Hokousai. Petite jongue.

148 — Gwakiojin Hokousai. Personnage assis,
un éventail à la main.

149 — École de Kiosaï. Corbeau sur un arbre
en fleurs.

150 — École de Kiosaï. Carpes dans le courant.

151 — École de Kiosaï. Deux corbeaux sur un pin.

152 — École de Kiosaï. Un chat attrapant une grenouille.

153 — École de Kiosaï. Trois petits chiens.

154 — École de Kiosaï. Trois corbeaux se disputant un petit oiseau.

155 — École de Kiosaï. Pêcheurs à l'épervier.

156 — École de Kiosaï. Hoteï et enfants.

157 — École de Kiosaï. Trois tortues sur la grève.

158 — École de Kiosaï. Moineau dans les blés.

159 — École de Kiosaï. Darma épilé par une jolie femme.

160 — École de Kiosaï. Tortue sur un rocher.

161 — École de Kiosaï. Truites remontant un courant.

162 — École de Kiosaï. Coq, poule et poussin.

163 — ÉCOLE DE KIOSAÏ. Singe suspendu à des barres.

164 — ÉCOLE DE KIOSAÏ. Princesse méditant sur une terrasse.

165 — ÉCOLE DE KIOSAÏ. Crâne.

166 — ÉCOLE DE KIOSAÏ. Aigle planant au-dessus d'un paysage.

167 — ÉCOLE POPULAIRE. Jolie femme suivie d'une servante. (Peinture ancienne.)

168 — INCONNU. Temple dans les montagnes. (Esquisse.)

169 — INCONNU. Hirondelle sur une glycine.

170 — INCONNU. Jeune femme jouant du kolo.

171 — INCONNU. Déesse tenant un makimono.

172 — INCONNU. Deux peintures : Enfant et bœuf. — Chien et fleurs.

173 — INCONNU. Cerf axis sous un érable.

174 — ÉCOLE CHINOISE. Suite de cinq peintures représentant des jolies femmes.

175 — ÉCOLE CHINOISE. Deux peintures anciennes représentant des fleurs et des oiseaux.

176 — École chinoise. Paysage chinois.

177 — École chinoise. Couple de faisans sur un
rocher.

178 — Inconnu. Cinq peintures anciennes :
Fleurs et oiseaux.

179 — Inconnu. Coq et poule sur un rocher.

180 — Inconnu. Quatre peintures : sujets divers.

KAKÉMONOS

181 — Groupe de trois peintures bouddhiques
représentant Bouddha, Benten et Kwannon.

182 — École de Okumura. Jolie femme en promenade.

183 — École vulgaire. Jolie femme.

184 — Morikawa (?). Vieille peinture représentant un sage.

185 — Sunagawa yoshitami. Jeune femme ratta-
chant sa moustiquaire à travers laquelle se
voit son enfant.

186 — Kotoshiba (?). Djoro accoudée sur sa
table.

187 — Hokousaï I itsou. Dragon dans les nuages.

188 — Koriusai. Blaireau, au clair de lune, dans les herbes fleuries.

189 — Koriusai. Bonze à cheval, en vue du Fuji.

190 — Yeishi. Jolie courtisane lisant une lettre.

191 — Yeishi. Jeune femme se promenant au bord de la rivière.

192 — Yeishi. Jolie djoro près d'un arbre en fleurs.

193 — Yeisho. Deux jolies promeneuses.

194 — Koichi (?). Djoro debout.

195 — Kiosaï. Aigle sur un rocher, tenant un lièvre entre ses serres.

196 — Inconnu. Bouddha entouré de divinités.

197 — Inconnu. Okama s'avançant accompagnée d'un serviteur tenant son parasol.

198 — Inconnu. Jolie femme tenant un rat blanc.

199 — Outamaro. Jeune femme, le buste nu, lavant sa chevelure.

200 — Inconnu. Joueurs de cartes.

PARAVENTS

201 — Sotatsou (Attribué à). Une paire de paravents à six feuilles, représentant, sur un fond aux ors atténués et brunis, une terrasse abritée par des saules pleureurs. A gauche de la terrasse, un vieux moulin à eau en rehauts de gouache.

202 — Korin (Attribué à). Sous un énorme matsou, croît une végétation luxuriante, où les pavots blancs et les jasmins aux douces tonalités s'harmonisent avec les ors brunis du fond.

203 — Sansetsou. Au bord du torrent descendant des cimes neigeuses, un troupeau de buffles prend ses ébats, leurs robes foncées se détachant sur les ors du fond. Cachet de Sansetsou.

204 — Atelier de Korin. Sur le fond grisaille du paravent se détachent en blanc et noir de jolies branches fleuries, d'une grande harmonie décorative.

205 — Shuishin (Attribué à). Paysage d'hiver. Un vol de grues vient de se poser près du tronc noueux d'un vieux saule couvert de neige, leur plumage blanc en opposition violente avec l'eau bleue du lac et les ors du fond. Attribué à Shuishin, de l'école de Kano, mort à l'âge de 54 ans en 1724.

206 — Ecole de Tosa. Grande scène à nombreux personnages, se déroulant dans une pagode à l'entrée d'un village. Époque de Matabe.

207 — Paravent à deux feuilles décoré d'une jolie branche de prunier fleuri et d'un palmier. Peintures accompagnées de poésies.

208 — Deux paravents modernes : Jeunes femmes traversant le gué ; aigle gigantesque menaçant une jeune laveuse.

209 — Paravent à quatre feuilles ; fond or, préparé pour la peinture.

LAQUES

INROS

210 — Inro à quatre cases en laque noire, décoré en relief d'un gigantesque dragon. Incrustations d'écaille et rehauts de laque d'or. xviiiᵉ siècle.

211 — Inro à quatre cases en laque noire, décoré en relief de laque d'or d'une jardinière fleurie.

212 — Inro à quatre cases en laque noire, décoré en laque d'or d'un troupeau de chevaux sauvages.

213 — Inro à trois cases en laque noire frotté, décoré d'une branche fleurie. Coulant agate.

214 — Inro à quatre cases en laque imitant l'écaille, décoré de tiges fleuries en nacre incrusté. xviiiᵉ siècle.

215 — Petit inro à quatre cases en laque noire, décoré en laques polychromes d'une haie fleurie.

216 — Inro à quatre cases, à décor de personnages.

217 — Inro à trois cases en laque brune, représentant des rochers au bord de la mer.

218 — Inro à quatre cases en laque noire, décoré en laque rouge d'une habitation près de la rivière.

219 — Inro à quatre cases, décoré de rochers au bord de la mer. Incrustations de corail.

220 — Inro à quatre cases en laque brune, rehaussé d'or, représentant un petit personnage en shakoudo incrusté, contemplant les nuages: netzuké, bouton et coulant en laque de Pékin.

221 — Inro à trois cases en laque d'or, décoré de trois oursons, dont deux en shakoudo incrusté.

222 — Inro à quatre cases en laque d'or, décoré d'une feuille et d'une jolie jardinière en sparterie.

223 — Inro à trois cases en laque d'or, décoré de fleurs et de papillons en laques polychromes et incrustations de nacre.

BOITES ÉCRITOIRES

224 — Boîte à écrire, décorée d'une branche de prunier fleurie réservée en laque nachyi sur un large halo noir.

225 — Boîte écritoire complète en laque nachyi, décorée d'un temple adossé à un immense rocher. Midzuire en forme de fruit.

226 — Grande boîte écritoire complète, décorée sur fond noir d'une jolie touffe de pivoines fleuries où voltigent des papillons.

227 — Boîte écritoire complète en laque nachyi, décorée sur le couvercle d'un Hoteï, et à l'intérieur de fleurs de cerisiers dans le courant d'un ruisseau.

228 — Boîte écritoire complète en laque noire, décorée d'un vieux prunier fleuri derrière une haie, et à l'intérieur de jolies touffes d'iris midzuire représentant deux fleurs de prunier accolées.

229 — Boîte à écrire, décorée sur fond de laque noire d'un érable à l'ombre duquel jouent trois daims. xviiie siècle.

230 — Jolie boîte-écritoire complète, décorée
sur nachiyi d'un coq et d'une poule en pa-
vage d'or. A l'intérieur du couvercle et dans
les casiers, décor de papillons. Midzuire, en
forme de chaumière. Pierre à encre, pinceau
et bâton d'encre.

BOITES DIVERSES

231 — Petite boîte ronde en laque cerclée de
plomb, décorée de « mon » de chrysanthè-
mes. xviie siècle.

232 — Autre petite boîte cerclée de plomb, décorée de rinceaux fleuris à rehauts. xviie
siècle.

233 — Autre boîte ronde cerclée de plomb, représentant en haut relief d'or un terrible oni.
Incrustation de nacre et burgau. xviiie siècle.

234 — Autre boîte lenticulaire cerclée de plomb,
décorée d'une jolie jardinière fleurie. xviiie
siècle.

235 — Boîte ronde à intérieur de plomb, représentant des enfants chinois jouant.

236 — Jolie petite boîte lenticulaire, à décor de
rinceaux fleuris et d'un semis de chrysan-
thèmes.

237 — Très jolie petite boîte en laque d'or, en
forme de chaumière.

238 — Jolie boîte, du xixe siècle, en forme de
Biwa. Petite pièce très soignée, à fines incrustations de nacre.

239 — Jolie boîte en laque d'or frottée, représentant trois coquilles d'awabi accolées.
xixe siècle.

240 — Joli cabinet minuscule, décoré sur le
panneau supérieur d'un temple au bord du
lac, et sur les quatre faces latérales de jolis
paysages maritimes.

241 — Joli plateau, décoré d'une touffe fleurie
au bord du ruisseau.

242 — Jolie boîte quadrilatérale, à trois cases,
décorée sur fond noir de mon aux armes des
Arima, de Fukige. La case supérieure con-
tient un très joli petit plateau en laque d'or,
décoré de montagnes au milieu des nuages.
Petit socle en laque d'or.

243 — Deux petites boîtes en laque, à décors fleuris.

244 — Autre boîte en laque, décorée sur fond noir de pages d'albums et d'estampes.

245 — Boîte lenticulaire en laque noire, décorée de coquilles d'awabi, dont les intérieurs représentent de fins paysages.

246 — Trois boîtes en laques diverses.

247 — Jolie boîte en laque noire, décorée d'une scène de personnages en fines incrustations nacrées.

248 — Autre boîte ronde en laque noire, avec incrustations de nacre.

249 — Coupe à sake en laque nachiyi, à décor de vagues de la mer.

250 — Boîte longue en laque noire, décorée d'un éventail et d'une branche de vigne vierge. Incrustations de nacre.

251 — Boîte à éventail en laque noire, affectant la forme d'un éventail.

252 — Grand coffret, à intérieur de plomb, couvert d'étoffe ancienne, extérieurement décoré
de branches de kaki.

253 — Deux petits peignes en laque d'or.

254 — Joli coffret suspendu, portant, comme
unique décor, les « mon » des daymios de
Tokugawa. Serrure et coins en cuivre ciselé.

255 — Grand socle en laque d'or, décoré d'un
coq et d'une poule au milieu des herbes
fleuries. Jolie pièce du XIXe siècle.

256 — Autre socle en laque noire, décoré d'une
chaumière près du ruisseau, à l'ombre d'un
prunier fleuri.

257 — Coffret en laque noire, décoré de torii
et de motifs fleuris exécutés dans le style de
Ritsuo.

258 — Grande boîte en laque noire, décorée
d'un gigantesque érable. Laques polychro-
mées et incrustations de nacre.

259 — Autre coffret allongé, portant trois tiroirs.
également décoré de branches d'érable.

260 — Cabinet à cinq tiroirs, en laque nachiji,
à décor d'attributs.

261 — Un socle en laque noire, à décor de carac-
tères anciens incrustés en nacre, et un porte-
miroir.

262 — Joli singe en bois laqué, finement décoré,
se disposant à manger un fruit. — Deux
grosses boîtes rondes, décorées sur fond noir
d'éventails et d'attributs.

DIVINITÉS

263 — Grande statuette, représentant Amida,
assise sur un socle de double lotus et à gale-
rie, coiffée d'un diadème à nombreuses pen-
deloques, la main gauche tenant le lotus
sacré, la main droite dans un geste mystique.
Jolie pièce.

264 — Autre Amida, sur un double socle de
lotus, les mains ramenées sur les jambes
repliées, les index joints dans le geste.

265 — Petite chapelle ouvrante en laques rouge
et or, contenant un groupe en ivoire représentant une divinité, la perle sacrée à la main,
domptant le dragon.

266 — Grande figure de Bouddha en laque provenant d'un temple qui fut détruit au XIIe siècle pendant la guerre de Minamoto et de Taïra. Pièce remarquable comme pureté de ligne et simplicité de décor. Attribuée à l'époque de Tempëo (729-749).

NETSUKÉS

NETSUKÉS EN IVOIRE

267 — Un personnage souriant portant un sac.

268 — Le Sennin Gama, son crapaud sur le dos.

269 — Personnage, une longue natte dans le dos, se promène un manuscrit à la main.

270 — Hoteï, son sac sur le dos.

271 — Jeune enfant appuyé contre une énorme boîte.

272 — Personnage, à l'air farouche, tenant une corde.

273 — Groupe de deux petits chiens.

274 — Coq et poule (os sculpté.)

275 — Vieillard et enfant.

276 — Groupe de petites tortues.

277 — Joli lapin.

278 — Chimère et son petit jouant avec la boule
du monde.

279 — Jeune mère étendue, allaitant son enfant.

NETSUKÉS EN BOIS

280 — Personnage, une calebasse sur la tête.

281 — Personnage à la tête de pieuvre, attaqué
par des singes.

282 — Tigre menaçant.

283 — Chimère.

284 — Personnage souriant, accroupi sur un
énorme grelot.

285 — Groupe de deux singes.

286 — Chimère tenant entre ses pattes la boule
du monde.

287 — Fruit.

288 — Groupe de chiens (deux pièces.)

289 — Petit coq.

290 — Jeune chien, accroupi sur un éventail sur éventail.

291 — Petite tortue.

292 — Quatre netsukés en laque, chiens et singes.

293 — Joli netsuké en bois partiellement laqué, représentant une femme à longue chevelure.

294 — Autre netsuké, même travail, représentant un homme, son grand chapeau dans le dos, appuyé sur un bâton noueux.

295 — Deux netsukés en porcelaine et un en bois.

BOIS SCULPTÉS

296 — Un petit lot de statuettes en bois sculpté.

SABRES ET DIVERS

297 — Sabre à fourreau de bois laqué, poignée
de galuchat, menuki décoré d'un parasol.

298 — Poignard, le fourreau en bois naturel
sculpté en corps de chimère, dont la poignée
forme la tête.

299 — Sabre court à fourreau laqué, décoré de
chevaux sauvages. Kotzuka, fushi et kashira,
décorés également de chevaux.

300 — Petit poignard à fourreau laqué, décoré
d'un vol d'oiseaux.

301 — Étui à pipe en cuir repoussé et gravé.

302 — Étui à pipe en vannerie, décoré de
libellules et d'une jolie sauterelle en incrustations de nacre.

303 — Étui à pipe en forme de vipère menaçant
un crapaud.

304 — Pochette à tabac en cuir doré et verni.
Netsuké en forme de tortue.

305 — Autre pochette en fine vannerie. Netsuké
bouton d'ivoire.

3o6 — Deux pipes, monture cuivre ciselé.

3o7 — Deux pochettes de dame en vieille étofle.

3o8 — Fusil Muong.

3o9 — Une collection de 6o7 gardes de sabres. (Sera-divisée.)

BRONZES ET FERS

3io — Joli Kwannon assis, l'urua au front, les mains ramenées sur la plante des pieds repliés.

3ii — Statuette en bronze, représentant Daï Nitchi Nioraï. Il est assis, vêtu et coiffé à la façon des Bodhisatwa, les mains se touchant dans le geste du Dharma-Datsou.

3i2 — Autre statuette de Kwannon, assis, les mains ramenées dans le geste de la méditation.

3i3 — Autre petite statuette de Kwannon, à genoux sur le lotus sacré.

3i4 — Grand brûle-parfums en forme de chimère, la tête mobile formant couvercle.

315 — Oiseau de Hôo, la queue éployée, faisant la roue.

316 — Brûle-parfums en forme de cigogne accroupie.

317 — Brûle-parfums représentant une petite perdrix.

318 — Deux jolies théières.

319 — Joli pot en bronze, décoré d'une haute zone cloutée.

320 — Quatre miroirs.

321 — Petite boîte en forme de perle sacrée.

322 — Trois petits vases bronze.

323 — Joli vase en bronze, la panse décorée de rinceaux fleuris, les anses décorées de têtes chimériques.

324 — Deux tortues bronze.

325 — Un bœuf accroupi.

326 — Une jolie pierre à encre.

327 — Boule de suspension.

328 — Petite sauterelle.

PORCELAINES

329 — Une paire de potiches bleu et blanc,
décorées de dragons à cinq griffes poursui-
vant la perle sacrée.

330 — Une autre paire de potiches bleu et blanc,
décor analogue.

331 — Une autre paire, même décor.

332 — Un grand pot couvert, la panse portant
près du col quatre petites anses.

333 — Deux pots à gingembre, porcelaine bleu
et blanc.

334 — Deux autres pots, dont un couvert, porcelaine bleu et blanc.

335 — Un hibashi et une coupe, porcelaine bleu
et blanc.

336 — Deux vases et une boîte, porcelaine bleu
et blanc.

337 — Un pot, décor polychrome style persan,
avec rehauts de laque d'or.

338 — Un lot de huit grands bols creux.

339 — Trois vases.

340 — Un lot de dix-huit pièces : bols et sou-
coupes.

341 — Un groupe porcelaine : personnage à la
face simiesque sur un éléphant.

342 — Dix plats ou assiettes, porcelaines diverses.

343 — Un vase porcelaine fond bleu, sans décor.

344 — Un lot : pièces diverses.

345 — Un tsuitate formé d'une plaque de porcelaine, à décor maritime, dans un encadrement de bois de fer.

346 — Un lot important de poteries japonaises.
(Sera divisé.)

ÉTOFFES

BRODÉES ET BROCHÉES

347 — Une jolie collection d'obis brochés, dont quelques-uns anciens.

348 — Un lot de panneaux brodés.

349 — Un grand panneau, décoré, en jolie broderie polychrome, d'un immense oiseau de Hôo.

350 — Une collection de kimonos en cotonnades diverses.

351 — Un très joli panneau moderne, représentant un tigre, en broderie polychrome.

DIVERS

352 — Un lot de baguettes pour l'encadrement des estampes.

353 — Papiers pour le montage des estampes.

354 — Série de petites boîtes à pâte pour cachets.

355 — Lots d'objets modernes : lanternes, ombrelles, etc.

MEUBLES

356 — Une vitrine sur coffre en bois, l'intérieur
formant étagère entièrement vitrée, le fond
formant glace.

357 — Un buffet-bibliothèque.

358 — Une étagère.

259 — Une table-bureau, couverte de drap vert.

360 — Une grande table en bois noir et al-
longes.

VOLUMES DIVERS

361 — Catalogue relié de la Collection Ch. Gil-
lot (février 1904).

362 — Catalogue relié de la Collection des Gon-
court (mars 1897).

363 — Catalogue relié de la Collection Hayashi :
Dessins, estampes, livres illustrés (juin 1902).

364 — Catalogue relié de la Collection Hayashi :
Objets d'art et peinture (février 1903).

365 — Catalogue relié des Collections Duparc,
K. T., Rouart, etc.

366 — Lots omis.